KB021923

고래 2018

고래 2018

70년대 동인의 시

강은교

김형영

윤후명

정희성

문학나무

차례

강은교

시인의 말

김형영

윤후명

정희성

구태여 한 가지 설명을 붙이자면

'운조의 현絃'의 시들은 부분이면서 전체이고자, 전체이면서 부분이고자 하였습니다.

목소리 두어서넛이 하나의 현絃 위에서 춤추는 이미지, 또는 그것들로 만든 마을 하나 선사받았으면 꿈꾸기도 하고… 소리심이 그 마을의 울타리며 기둥 밑을 휘돌아주었으면 꿈꾸기도 하면서……

누구신가 계시겠지요, 내 시를 받아 읽으시는 이가……

다음 항구로 가겠습니다.

Ⅰ부

운조의 현絃

아주아주 작은 창

주사이다/주사이다/살과뼈주사이다/꽃으
로주사이다

　어느 날 문득 출항을 하리라, 당신이 아마 배웅을 하
고,
　나의 머리카락은 미풍에 펄럭이겠지, 뱃머리에는 오
리온 깃발도 펄럭이겠지, 깃발이 내 어깨를 포근히 안
아주기도 하겠지, 당신은 아마 덱크 저 멀리서 불가능
하게 멀어진 나를 안타까이 바라보리라, 나는 모자를
벗어 당신에게 던지겠지

　　　　　아주아주 작은 창이 날아다녔어요, 거
　　　　　기선 가끔 또옥또옥 소리가 났지요, 누
　　　　　가 손톱으로 두드리는 소리였어요, 그
　　　　　러면 나는 사르륵사륵 창문을 열었지
　　　　　요, 꽃들이 기다리고 있었어요, 꽃들의

눈시울을 잡고 어머니가 기다리고 계
셨어요, 꽃들은 어머니의 창으로 날아
들어갔어요

아아, 문득 출항을 하리라, 배의 눈 두 개, 용접공이
무쇠틀을 들고 작업하는 내 눈, 오리온이 되는 내 눈,
천리안 내 눈으로 수평선을 보고 싶다. (오리온, 천리
안, 오로라).

거기 당신을 앉히고 싶다. 그런 다음 파도의자에 앉
아 당신을 그리고 싶다.

아주아주 작은 창이 날아다녔어요, 거
기선 가끔 또옥또옥 소리가 났지요, 누
가 손톱으로 두드리는 소리였어요, 그
러면 나는 사르륵사르륵 창문을 열었

지요, 꽃들이 기다리고 있었어요, 꽃들의 눈시울을 잡고 어머니가 기다리고 계셨어요, 꽃들은 어머니의 창으로 날아들어갔어요

아마 거품이 캔버스로 떨어지겠지, 당신도 나도 거품이겠지, 세상에서 가장 아름다운 거품 당신, 바람처럼 결없는 당신, 그러면 우린 안을 것이다, 덩실덩실, 목숨 걸고, 무한천공

주사이다/주사이다/살과 뼈 주사이다/꽃으로 주사이다

열망

어찌찾으리이까어찌찾으리이까/뼈마디도
시려워서살마디도시려워서

거기 흑자주빛 커튼이 날리지
거기 열두 계단이 엉거주춤 서 있어
거기 채송화 곁엔 분꽃, 분꽃 곁엔 흑자주빛 맨드라
미

거기 둥근 지붕이 가슴을 열고 있지
거기 그리운 동네가 기침하고 있어, 거기 어제밤엔
잿빛 덧문이 긴 편지를 쓰고 있었어
거기 덩굴잎이 손 흔들고 있고

흑자주빛 커튼과 분꽃 곁 맨드라미 사이, 채송화와
둥근 지붕 사이, 영원과 아주아주 작은 창 사이…너는
거기 안겨 비단포대기의 비명 지르고

거기 밀화부리 새가 노래하고 있는 곳
거기 하오의 툇마루가 길게 누워 있는 곳
거기 애린愛隣의 전화벨이 영롱히 울리고 있는 곳

거기 밀화부리 새와 툇마루 사이, 밀오리나무와 청계
산, 맞은편에는 청계천 그늘도 아름다워, 전화와 편지
사이, 덧문과 툇마루 사이……거기 소복히 바구니에 담
긴 너, 계란처럼 애쓰는 너, 비단포대기의 비명 속 알을
깨고 깨는

어찌찾으리이까어찌찾으리이까/뼈마디도
시려워서살마디도시려워서

*

그대 옆눈으로 우는 이여

그대 비스듬히 걷는 이여

연꽃 미용실

*여기는지평선의끝/저녁이면등불들하나씩
켜지는곳/기도처럼고개숙이고있는곳*

지하로 내려가는 그 계단은 늘 어두웠다, 유리문을
밀고 들어서니, 빨래 흐르는 소리 펄럭펄럭 들려오고,
컹컹대는 금이, 갈색 꼬리에 비단결같은 황혼색 리본을
맨 채 계단 위를 향해 짖어댄다,

천천히 꽃그림 그려진 커튼 안쪽으로 들어서니 수북
한 머리카락들, 허리를 구부리고 쓸고 있는 옥이 씨, 쉰
이 되도록 시집 못간 옥이 씨, 늘 구부러진 길처럼 머리
칼들을 구부리고 구부리는 뚱뚱한 옥이 씨, 바닥을 쓸
다말고 앞주머니에서 스마트폰을 꺼내 들여다본다, 부
끄럽게 인사한다, 언제 봐도 웃지 않으면서 웃는 옥이
씨, 땅이 꺼지게 한숨을 쉬며 오지 않는 전화를 만지작
거리는 옥이 씨, 언제나 언제나 만지작거리는 옥이 씨,

한구석에서 세탁기는 꿈 없는 잠처럼 깊이깊이 돌아가고, 머리카락도 눈부신 여배우의 사진 옆 황금빛 거울 속으론 커단 호박 그림자 여무는 소리

　　　이제 다시 올라요. (바리) 당신은 거기 소철나무 앞에 물초롱을 들고 서 있군요. (바리 바리) 문 밖으로 올라요, 힘껏 문을 열어요. (바리바리바리), 아 어머니어머니

　　　여기는지평선의끝/저녁이면등불들하나씩켜지는곳/기도처럼고개숙이고있는곳

　지하로 내려가는 그 계단은 늘 어두웠다. 수북한 머리카락들 길처럼 구불거리는, 황포돛 높이 높이 출렁이는 포구같은 연꽃 미용실

여기는지평선의끝/저녁이면등불들하나씩
켜지는곳/기도처럼고개숙이고있는곳

바람 속에서의 식사

우리 바람 속에서 식사를 해요. 식탁은 힘찬 물레 위에 차리고 식탁보는 청석빛 비로드예요. 젖꼭지들이 실개천처럼 흙 사이사이로 흐르고, 아, 젖과 꿀이 흐르는 대지, 돌들이 등잔가에 둘러앉은 밤이라든가 새벽의.

오늘도 도시를 쏘다닌다. 순간들이 고여 있는 기둥들을 지나간다.
그 남자는 아스팔트 위에 반듯이 누워 있었다. 피로 범벅이 된 회색 윗도리가 먹구름처럼 덮여 있었다.
삐져나온 발은 땅의 중심을 가리키려는 듯 허공을 향하여 곧추서 있고, 그 곁으로 바람들이 바삐바삐 지나갔다

우리 바람 속에서 식사를 해요. 밥은 따뜻해요. 보드라운 어머니는 떠오르는 김을 스카프처럼 가슴에 둘르

셨어요. 청석빛 비로드의 식탁보는 연꽃처럼 바람을 안 아들였고 비단실 나비는 바람 높이 날아올랐어요, 아 부푸는 돌들의 몸, 흐르는 대지, 연꽃 가에 둘러앉은 밤 이라든가, 새벽의,

　　　　　　오늘도 도시를 쏘다닌다. 순간들이 영
　　　　　　원처럼 고여 있는 지붕들을 지나간다.
　　　　　　그 남자는 아스팔트 위에 반듯이 누워
　　　　　　있었다. 피로 범벅이 된 회색 윗도리가
　　　　　　먹구름처럼 덮여 있었다.
　　　　　　삐져나온 발은 영원을 가리키려는 듯
　　　　　　허공의,
　　　　　　순간의 몸을 향하여 곧추 서 있고, 그
　　　　　　곁으로 바람들이 바삐바삐 지나갔다

밤과 몸을 섞고 있는 연못들, 가득 연꽃들이 피어오

른 둥근 계단, 어서 올라가요, 달빛 호박반지를 대지의 손가락에 끼우고 연꽃 같은 바람으로 어깨를 둘러싸면서, 오늘도 식사를 해요. 아, 젖과 꿀이 흐르는 대지, 돌들이 등잔가에 둘러 앉은 밤이라든가 새벽의.

안개 속으로 돌들이 날게 해요. 밝고 빛나는 오렌지빛 해 떠오르는 돌들을.

그대가 죽은 날 그대의 영원은 시작되었으니, 그대는 순간의 애린愛隣이니.

악사樂士들

산신은산을열고/질신은질을여니/천리만리
주사이다/주사이다천리만리

그 노래를 끝내지 말아주오, 늙은 악사들이여
담벼락 귀퉁이 귀퉁이에서, 그대들의 손가락 촛농처
럼 녹아내리는데

별빛 아래서 한 떼의 집들이 어둠을 무
쇠조각보처럼 펄럭이고 있었고 그 알
록달록한 지붕들 위에서 악사들이 밑
을 향해 손들을 펄럭이고 있었다, 알록
달록한 지붕들 새로 작은 길들이 끝없
이 갈라지고 있었고, (그 중 한 길은 나
선으로 펄럭였다, 저 세상 또는 전생처
럼 또는 강 저편에 서 있던)

그 노래를 끝내지 말아주오, 늙은 악사들이여
그대들의 노래는 꿈꾸는 눈썹, 순간, 또는 애린愛隣의
두께, 굽이굽이 청계산 오솔길

그 노래를 끝내지 말아주오, 늙은 악사들이여
밀오리나뭇잎처럼 그대들의 노래, 무쇠지붕 밑 굽이
굽이 휘돌고 있으니

알록달록한 지붕들 새로 작은 길들이 끝없이 갈라지
고 있고, 그 중 한 길은 나선으로 펄럭였다(저 세상 또
는 전생처럼 또는 강 저편에서 있던)

그 노래를 끝내지 말아주오, 늙은 악사여
여기가 마지막 역이라고.

　　　　　　산신은산을열고./질신은질을여니/천리만

리주사이다/주사이다천리만리

아라홍련

누가날찾는가/날찾이리없건마는

　거기 가면 잎사귀들이 스르르 열리곤 하지 꽃잎들은
잔뜩 귀를 달고 있다가,
　저녁이면 켜지는 등불들처럼 연못 가득 별을 켜기 시
작하지,

　　　그대 들판에 등불을 내걸거야
　　　거기 내 목숨을 아라홍련 입술처럼 휘
　　　날릴 거야
　　　후큰 후큰 달아
　　　연분홍 그대를 껴안을 거야

　등불들이 온 혼령들에 켜지면, 연못도 봉긋이 귀를
기울여, 헤매는 바람의 옷섶도 열려

게 누구냐, 꽃잎에서 꽃잎으로 달리는 이,

등불 끝에서 등불 끝으로 달리는 이

아, 팔월에 가봐 반짓고리를 나온 여인의 옷고름 자
락도 색실처럼 휘날리고, 연분홍 툇마루 곁 남정네 푸
른 수염 자락도 휘날리는, 그 저물녘 연못

누가 날 찾는가 / 날 찾이 리 없건마는

능소화 꽃잎 누운 좁은 언덕

물값길값불값주렁주렁다시고/이주머니저
주머니주렁주렁흔드시니

능소화 꽃잎 누운 좁은 언덕으로 당신을 찾아갔습니다. 잠시 햇빛에 물든 문 앞에 서 있었지요. 당신은 또옥또옥 그림자를 따고 있었어요.

바람은 알맞게 불고, 당신을 볼 수 있을 정도로 알맞게 불고

그림자의 눈은 침묵과 침묵 사이에서

나무 계단을 걸어 내려왔지요.

바람도 따라 당신을 안으며 나무계단을 걸어내려왔고.

나는 그림자를 잡아 나의 가방에 집어넣었어요. 그림자의 눈도 서둘러 집어넣었지요. 한 잔의 꿈과 바람의 피톨을 섞으면서.

강은교

우리가 기다리는 건 우리를 결코 기다리지 않는 시간을 기다리는 것*

　　　　그림자의 눈이 다 사라질 때, 당신이여
　　　　저 청석빛 문을 여세요
　　　　한 잔의 꿈이 내 거친 잠을 매만지게 하세요,

　　우리가 기다리는 건 우리를 결코 기다리지 않는 시간
을 기다리는 것*

　　　　그림자를 또옥또옥 따고 있는 당신이여, 눈먼 당신이
여, 좁은 길을 넓은 길로 만들며,
　　　능소화 꽃잎 누운 계단을 걸어 걸어,
　　　내 한 잔 꿈 속으로,

　　　　능소화 꽃잎 누운 좁은 길로 당신을 찾
아갔습니다,
　　　잠시 햇빛에 물든 문앞에 서 있었지요.

물값길값불값주렁주렁다시고/이주머니저
주머니주렁주렁흔드시니

구름꽃신

미래를주랴/과거를주랴/추억을주랴/시간
을주랴/주사이다지금을/주사이다지금을

나는 황금 궁전에서 살았지요
여기는 황금 궁전보다 더 아름다운
분홍 복숭아가 사는 곳
분홍 복숭아들이 꿈을 꾸는 성소

당신이 늘 어디서 오는 길이냐고 묻는
곳
아니, 내가 늘 당신에게 어디서 오시는
길이냐고 묻는 곳
그리고 내가 앞장서고 당신이 나를 따
라 오는 곳
아니, 당신이 앞장서시고 내가 당신을
따라 가는 곳

실눈 뜬 벼락, 실눈 뜬 번개의 뼈 바삐바삐 흔들리는
데

　　　　　기쁨과 감사의 성소,
　　　　　황홀과 불멸의 성소,
　　　　　은총과 행복의 성소,
　　　　　나무와 풀과
　　　　　미래와 과거와 추억과 시간의 성소,

　　　　　분홍 복숭아의 둥근 뺨들이 태양을 바
　　　　　라보며 눈을 뜨는 곳
　　　　　은빛 거미가 꿈의 카펫을 짜는 곳
　　　　　내가 바구니 가득 분홍 복숭아 따오면
　　　　　따오면

나는 황금 궁전에서 살았지요,

당신과 당신의 자손들과
그 자손과 자손의 자손들과
함께 함께 살았지요

나무에 업혀 푸르푸르푸르 날기도 했어요

　내일의 북소리 둥둥, 분홍 복숭아 휘도는 소리 들으
면서
　내일의 북소리 둥둥둥, 오솔길 껴안는 소리 들으면서
　내일의 북소리 둥둥둥둥, 구름꽃신 껴안는 소리 들으
면서

　　　　　미래를주랴/과거를주랴/추억을주랴/시간
　　　　　을주랴/주사이다지금을/주사이다지금을

II부

단가들

기차

봄이 오면 기차를 탈 것이다
꽃 그림이 그려진 분홍색 나무의자에 앉을 것이다
워워워, 바람을 몰 것이다

매화나무 연분홍 꽃이 핀 마을에 닿으면
기차에서 내려
산수유 노란꽃잎 하늘을 받쳐 들고 있는 마을에 닿으
면
또 기차에서 내려
진달래 빛 바람이 불면
또또 기차에서 내려

봄이 오면 오랜 당신과 함께 기차를 탈 것이다
들불 비치는 책 한 권 들고
내가 화안히 비치는 연못 한 페이지 열어 제치며

봄이 오면 여기여기 봄이 오면
당신의 온기도 따뜻한 무릎에 나를 맞대고
세상에서 가장 부드러운 여행을 떠날 것이다

은난초 흰 꽃 커튼이 나풀대는 창가의 의자에 앉아
광야로 광야로
떠날 것이다. 푸른 목덜미 극락조처럼 빛내며

못 하나를 보는 노래

그 벽에는 못 하나가 쳐져 있고 거기 내 외투 한 자락이 걸려 있습니다.

내 외투 한 자락에 덮혀 하늘이 조금 팔락거립니다.

거기 손을 내밀어 봅니다. 창틀이 긴장합니다. 창틀의 근육에 걸려 내 외투자락이 빳빳하게 되었습니다.

그 벽에는 못 하나가 쳐져 있고 거기 내 외투 한 자락이 걸려 있습니다. 내 외투 한 자락에 덮혀 하늘이 조금 더 팔락거립니다.

그 벽에는 못 하나가 쳐져 있고 거기 내 외투 한 자락이 걸려 있습니다.

그 벽에는 못 하나가

아야아, 못 하나가

무우

무우와 만났습니다.

길고 뾰족한 그녀의 몸에

가늘고 긴 실뿌리가 나풀거렸습니다.

거기서 가는 숨소리가 들려왔습니다.

아, 지구의 그것.

노포역

아, 아름다운 마지막 역
아야아, 언제나 다시 시작되는 항구의 끝

문신하는 소녀

너의 손목에 나비를 그리고 싶어,
비단바늘을 콕콕 찔러
심해를 그리고도 싶어,
심해의 정원 심해의 산호초 꽃핀 비탈
거기서 너와 은은히 거닐 순 없을까

용을 그리면 어떨까,
수평선과 지평선 어디로도 날 수 있는 용
어느 날 그 용이 배가 되어 비단돛을 올리고 우릴 실
어간다면
우릴 실어 아무도 모르는 섬으로 데리고 간다면

네가 나비가 되어
나도 나비가 되어
노오란 배추밭을 훨훨 난다면

거기엔 아마 별자리같은 싹들이 있겠지
우람한 팔뚝엔 봉황들도 있을 거야
아지랑이 핀 들판도 있고
몽롱한 해변도 있어
은난초 핀 오솔길도 있고
있고
있고

너와 걷고 싶은 날엔
문신을 할거야
나비가 되려고 문신을 할거야
용도 될거야
봉황도 될거야
지평선도 될거야
될거야
될거야

우리가 좋아하는 이야기

— 어느 죽음의 기별을 듣고

　우린 죽은 이들의 이야길 좋아한다, 갑자기 부드러운 눈물을 흘리고, 혀는 따뜻해지며, 추억의 음악을 건반에 올려놓는다,

　그 사람은 모서리가 지워지기 시작한다, 가장 아름다운 부분만 남기 시작한다. 동그래지기 시작한다, 달빛 같은 목소리로 울리기 시작한다,

　　　시간은언제나빨리오고,꿈은언제나늦게오니

　우린 별들이 떠나가는 이야길 좋아한다, 별들이 일찍이 돌이었으며, 별들이 일찍이 불타올랐으며, 별들이 일찍이 우주를 돌아다녔으며, 돌아다니다 떠났으며, 그의 별자리는 곰 자리였으며 등 등,

아, 수없는 시인 · 작가들이 수많은 원고를 쓰고, 수없는 가수들이 수많은 노래를 부르고, 수없는 학자들이 수많은 학설들을 내고, 수많은 아버지들이 수많은 가훈을 이야기하고, 그러나 수없는 어머니들은 아무말 없이 그저 울부짖으며 아기를 낳는다,

　　　　시간은언제나늦게오고, 꿈은언제나빨리오
니

　별의 눈부신 혀가 저물녘 유리창을 핥는다, 어둑어둑해지는 저녁 속에서 유리에 차오르는 어둠과 별 그의 눈부신 혀가 구분이 안된다.

　　　　시간은언제나빨리오고, 꿈은언제나늦게오
니

멀리, 아득히

한 잔의 어둠이 멀리 나를 둘러싸네, 그걸 마시네, 그
것의 사랑에 아득히 나를 묻네

한 잔의 어둠이 멀리 두 잔의 어둠이 되네, 나를 둘러
싸네, 그걸 마시네,
그것의 사랑에 아득히 나를 묻네

두 잔의 어둠이 세 잔의 어둠 속으로 들어가 멀리 나
를 둘러싸네, 그걸 마시네, 그것의 사랑에 나를 묻네

사랑이 뚜욱뚜욱 나의 뒤를 따라오네, 멀리 네 잔의
어둠을 들고 따라오네

뚜욱뚜욱 어둠이 되네, 연잎보다 멀리, 눈 못 뜨는,
연못 한 잔, 연못 또 한 잔, 연못 또 한 잔, 멀리, 아득
히

ⓒ정희성

시 쓰는 일이 행복할 때가 있다. 내 삶이 타고 남긴 잿더미 속에서 움트는 나를 보는 기쁨? 아니다. 새순을 보았으면 돌아설 줄도 알아야겠지? 돌아섬은 포기가 아니다. 다시 시작하는 것이다. 끊임없이 다시 시작하는 파도처럼 매번 똑같이 매번 새롭게, 시 쓰는 일이 그런 것 아닌가?

제멋에 취해

봄이 오면 만물은
꿈꾸기에 바쁘다.
바람이 불면
꾸다 만 꿈 깨어나
산과 들을 쏘다니다가
눈 깜짝 사이
입김을 풀어
한꺼번에 꽃 피우고는
제 멋에 취에
제 향기에 취해
봄바람 품어안고
모두 어디로 떠나려나.
하느님도 몸을 푸는
봄이 일어서는 날.

건들대 봐

당신도 아시겠지만
나뭇잎이 건들대는 건
누가 시켜서 그런 게 아니야.
사는 게 그냥 즐거운 거야.
천성이 그래.

바람이 불면 바람과 함께
비가 내리면 빗방울과 함께
새들이 노래 부르면
새들의 날갯짓에 맞춰
하나같이 흔들대며 춤추는 거야.

그런 게 사는 거 아니냐고
너도 건들대 보라고.
후회 말고 죽기 전에
꼭 한 번 건들대보라고.

아, 큰일이다

침묵이 없다.
큰일이다.

목소리가 다스리는 세상이니
침묵은 숨 쉴 데가 없다.
(광장에 숨었나?)

헛소리
잡소리
개소리
소리란 소리 목청껏 짖어대니
침묵이 들릴 곳은
그림자에도 없다.

큰일이다, 아
시詩에서도 침묵이 사라졌다.

땅에서 하늘의 문을 열다

하늘을 우러러 님을 보았기에
자신을 괴롭히는 돌팔매를
온몸으로 받아낸 순교의 꽃이여

육신은 선혈에 갇혔어도
영혼은 오히려 자유로웠던
아름답게 죽음을 이긴 이름이여

하늘의 영광을 드높이
사랑과 용서의 힘으로
땅에서 하늘의 문을 연 스테파노

나의 길잡이여

— 사도행전 7. 54 참조

수평선 · 9

믿을 수 없다.
이제는 날씨도 믿을 수 없고
이웃도 믿을 수 없다.

나라는 변덕으로 들끓고
오락가락 떨어지는 빗방울에는
종잡을 길이 없다.
금방 피었다싶던 목련도
한눈파는 사이 어디로 갔나?

믿을 수 없다.
땅도 믿을 수 없고
시간도 공간도 믿을 수 없다.

보이는 것
안 보이는 것

믿을 수 없다.
홍수를 퍼붓던 하늘에 무지개를 거는
하느님의 심술을 한 번 더 믿어봐?

울렁거리는 둥근 수평선 바라보는
만리 밖의 그리움이여,
요점에 밑줄을 긋듯
마음의 실눈이라도 그어보자.

번데기의 꿈

평생 영혼을 파먹고 살았다.
50년을 파먹었는데
아직도 허기가 지다.

삶의 흔적을 남기려고
영혼을 파먹는
그게 허영 때문인지
진실 때문인지 모르겠다.

번개같이 지나가는 목숨
보고 듣고 깨달으면서
영혼 파먹기를 멈추지 못하는
욕망의 구더기여,

그만 깨어 날아다오.
높이 날지 못하면 어떠랴.

천 날을 참아온 하루살이라도 좋다.
날아다오 날아가다오.

번데기에서 벗어난 것들아
이제 우리 함께 날아보자.
내가 너희 형제 아니더냐.
너희가 내 이웃 아니더냐.

변신

구름은 하늘에서 제 몸 바꾸느라
시간 가는 줄 모른다.

바꾸고 바꾸고 또 바꿔도
구름은 별이 되지 못한다.
되려고도 하지 않는다.
이룰 수 없는 것은 꿈이 아니기에
바꾸지 않고 무슨 재미로 사느냐는 듯이
그저 제 몸 바꾸기에 여념이 없다.

나는 땅에서 나를 바꿔보려고
이리 뛰고 저리 뛰어봤지만
바뀐 건 내 껍데기뿐
실상은 변함이 없다.
나를 바꾸다가
결국 나로 돌아가는 걸 깨닫고야

이것이 내 운명인가
손바닥을 펴보고 한숨짓는다.

꿈속의 꿈

어젯밤 꿈속에서 사랑한 그녀가
옛날 그녀였던가.
아니면 처녀 적 아내였던가.
(꿈은 빠르기도 하지.)

알다가도 모르겠네.
꿈속에서 내가 사랑한
그녀도 나를 사랑했을까.

꿈속에서 꿈꾸며 산다면
미카엘과 닮으려는 나도 그땐
천사의 꿈을 꾸게 될까.

오늘 밤엔 꿈을 기록해 봐야지.
휴대전화에 동영상을 남겨봐야지.
놀라운 일이지만

꿈을 현실로 바꿔봐야지.

그럼에도

어디냐, 이번에는
또 어디냐.
안 아픈 데 없는 나다.
폐에 구멍이 나고
오줌통엔 마므레의 참나무*가 자라는지,
길을 잃고 헤매는 붉은 피
씹을 수 없는 이
설탕절임이 된 몸을 이끌고
여기까지 왔는데

이번에는 또 어디냐.
눈이냐?
그만 보라는 거냐.
보고도 못 본 체하라는 거냐.
아니면, 어둠 속을 걸으라는 거냐.
아니면, 가다가 넘어지라는 거냐.

넘어져 죽으라는 거냐.

그럼에도
죽기에는 아직 이르지 않나?

*창세기 14장 참조

고래의 노래로 사랑의 등불을 켜다오

— 윤후명 문단 50년을 축하하며

그래, 나도
이제 네 마음 알 것 같아
네 마음에 내 마음 포개어 전한다.

벌써 50년!

우리 고래들 가운데 한 고래는
귀신고래1가 되었지만
남은 다섯 고래들,

밍크고래2
혹등고래3
수염고래4
범고래5
돌고래6

한 번, 우리가 물을 뿜으면
바다는 뛰어오르며
하늘에 무지개를 내걸고,
우리가 눈을 뜰 때면
만물의 얼굴이 소생하는 것을.

범고래여, 한결같은 벗이여!
우리 사라지는 날까지
그대, 끝끝내 우주에 남아
우리들 고래의 이름 위에
고래의 노래로 등불을 켜다오.
오색찬란한 사랑의 등불을.

1임정남 2강은교 3김형영 4석지현 5윤후명 6정희성

김형영

신화가 된 진목리 당산나무

— 이청준 8주기에

세월의 나뭇잎은 시들어 사라지지만
늠름한 진목리* 당산나무,
당신 떠난 지 8년
여전히 당신은 우리와 함께 계십니다.

힘은 약하여도 당당한 모습,
천길 만길 슬픔 숨기고
언제나 천진스럽기만 하던 눈빛,
가난을 품고 살았어도
끝끝내 지켜낸 인품,
들을 귀가 있으면 들어보라고
자근자근 씹듯 들려주던 입담,
그 말씀 알아듣기 힘들기는 했어도
당신을 향한 그리움 떠날 줄 모릅니다.

스스로를 추스르며 이겨낸 70년

마침내 우리 문학사에 신화가 된
장흥 진목리 당산나무여!
동행同行을 즐기시던 다정한 영혼이여!

남기고 간 아름드리 수십 권의 책 속에는
슬픔의 그림자를 먹고 자란
잠 못 이루던 영혼이 깃들어 있어
우리는 책장을 넘기며
오래오래 당신을 우러러봅니다.

*진목리는 이청준의 고향 마을 이름

화살시편

— 돌아보니

헛것에 홀려
떠돌다
떠돌다 엎어져
돌아보니
아이쿠머니나,
천지사방이 여기였구나!

평생이 여기 있구나!

화살시편

— 입춘立春

어린 딸이 하나 있다면
내 시린 등이 따뜻하련만!

하늘을 보며 봄기둥을 만져본다.

화살시편

― 민심民心

민심民心이 천심天心이다
만고萬古의 진리지만
그걸 지키기에는
오늘도 위태롭다
십만 팔천리!

― 書經, 周書 泰誓

화살시편
― 잿더미 속에서

다 버리고 나서
버릴 것 없거든
너를 태워버려라.

잿더미 속에서
새로 움트는 너를
네가 보게 되리라.

김형영

ⓒ정희성

지난 연말에 시전집 『새는 산과 바다를 이끌고』를 낸 이래 다시 시 앞에 앉았다. 동인들의 깊은 마음을 읽으며 시를 맞이하는 마음이 한없이 고맙다. 나이도 깊어가는데, 살아 있음이 나날이 새롭다. 한 줄의 글을 쓸 수 있음에, 삶은 '여기' 있다. 먼 세상을 돌아왔건만 기나긴 여로를 글자에 새기는 순간이 '여기'임을 아는 일이 시를 쓰는 일이다. 필생을 말하는 순간이다.

윤후명

야크똥 줍는 티베트 소녀

1

얄룽창포 강변에서 소녀는
겨울 땔감 야크똥을 줍는다
돌흙길 비탈길 멀리 하는 너머
천장天葬 터 독수리들이 발라먹은 뼈다귀빛의
하얀 눈이 내릴 때
야크똥 연기는 향香이 된다
봄부터 가을까지
순례자를 태운 트럭이 기우뚱
수미산 가는 길은 먼지 자욱하고
수미산, 수미산,
웅얼거리며 두 손 모으며
강변 머나먼 길은 하늘로 향한다
그 길 바라 소녀는 야크똥을 줍는다
히말라야 넘다가 죽은 사람들

어디론가 사라진 사람들

바람소리가 사랑하는 소녀의 정강이뼈 피릿소리라고,

밥그릇이 사랑하는 소년의 해골바가지라고,

기도하며 사라진 모습들

소녀는 야크똥 땔감을 향으로 줍는다

땔감이 향이 되는 얄룽창포 강변의,

소녀의 오체투지

사라진 사람들을 위하여

겨울 야크똥 연기의 향을 피우기 위하여

높은 산과 긴 강이 하나된 소녀의 오체투지

소녀는 야크똥을 줍는다

말없이 허리 굽혀 야크똥을 줍는다

2

김점선에게 그림을 그려달라고 했다

그리하여 그녀의 야크는 우리집 벽에 붙여 있다
수선화 몇 포기와 코끼리도 붙여 있다
"꼭 둔황 같아."
그녀는 스스로 그린 코끼리를 가리켰다.
헤이리의 건물 옥상에 누워 하늘을 보던
그녀가 간 지 벌써 10년
나와 동갑이라고 생일을 헤아리던
10년 전이 있었다
내 동화에 그림으로 책을 내겠다고 기다리던
그날은 내가 어긴 채 잊혔으나
그 동화책은 지금도 엮여지고 있다
그 동화책 속에 우리는 살아 있다

내생來生

티베트의 어느 산골
허물어지는 곰파에서 수도승이 되고 싶었다
컴컴한 장막 아래
무엇인지도 모를 상념에 젖어
상념도 없이
길가의 송장메뚜기처럼 앉아 있고 싶었다
물가의 소금쟁이처럼 물 따라 떠돌며
어디 가서 무엇이 되고 싶었을까
뉴욕의 이름없는 뮤지션이 되어
말총 맨 악기를 들고 다니고 싶었다
혹은 호오미 노래 읊조리는 시베리아의 음유시인
몽골 초원에는 눈이 내리고
나는 여전히 늙은 라마승의 곰파에 묵고 있었다
벌써 나는 내생來生을 살고 있다고
그대는 말해주고 있었다
이것이 행복이라고 가르쳐주고 있었다

퐁트와즈를 지나며

퐁트와즈역에서 열차를 내린다
오베르를 향한 길목
낮은 철책을 지나 언덕길을 오른다
이제야 왔구나, 이 마을에
빈센트 반 고흐의 속삭임이 들려온다
퐁트와즈의 연인들을 바라보던 그가
문득 권총을 생각하지 않았나 골목들을 살핀다
우리는 누구나 외로운데
그는 혼자 퐁트와즈의 다리 위에 떠 있다
다리는 배가 아닌데도
그는 뱃전에 걸터앉아 있다
피사로 선생님 저 여기 왔어요
권총을 만지작거리는 그를 바라보며
나는 커피머신을 고른다
그리고 20년이 지나 술을 끊고 그 기계로 커피를 간
다

그 기계는 반 고흐의 권총처럼 정체불명이다
삶의 하루가
뱃전처럼 강물에 오르내린다

다솔사多率寺

다솔사에 가서 효당스님께 이름을 받았다고 한다
묘만妙曼이었다
나는 때때로 한문자로 쓸 때 만曼자 위에 초두草頭를
붙여 만蔓으로 잘못 썼다
그리고 잘못 썼구나 고쳐 쓰곤 했다
그제서야 '만다라 만'이 되었다

효당스님은 김동리선생을 글쓰라고 받아들이기도 했
었다고
어딘가 적혀 있었다
동리선생의 '등신불'을 읽고
나는 소설을 쓰고자 했다
초두를 떼면 만다라가 된다는 뜻이 비로소 새겨졌다
묘만은 그렇게 왔다
그 뒤 초두를 붙여도 떼어도 같은 뜻이 되었다

추사, 초의선사에게

추사는 초의선사에게 붓을 든다
부드러움과 날카로움으로
슬픔을 산 너머 바다 건너 파도에 싣고
'반야심경'을 쓴다
귀한 책을 보낸 이상적에게
'세한도'를 쓰고 그려 답례했듯이
추사는 아내 죽음에 슬픔을 함께하는 초의선사에게
'반야심경'을 쓴다
가자 가자 높이 가자 더 높이 가자
멀리 높이 보는 마음
솔잣나무 푸르름이 빛나는 곳
가자 가자 높이 가자 더 높이 가자
'반야심경'을 마음에 담는다

떠난 이들의 발걸음

조정권이 떠났다 마종하가 떠났다 이재행이 떠났다 고정희가 떠났다 박정만이 떠났다 임영조가 떠났다 최인호가 떠났다 임정남이 떠났다 이균영이 떠났다 박영한이 떠났다 이가림이 떠났다 김문수가 떠났다….

떠났다, 죽었다, 눈을 감았다, 숨을 거두었다,
모두 버젓한 이 세상에서 일어난 일이었다
아무도 모르게 사라진 친구들도 있다
그들과의 시간은 어디에 있을까
꽃피고 새울고 한잔 술에 젖던 밤은 어디에 있을까
마음 나누던 서울의 거리를 홀로 걸으면
헤어지던 발걸음이 나를 따라온다
누구일까
얼굴을 곰곰 들여다본다

체 게바라가 마지막 간 길

산속으로 나 있는 길에
체 게바라가 잡혀갔다는 팻말이 서 있다
시인 박노해가 사진을 찍어 걸었다
쿠바에 갔을 때 건물 벽에 그려져 있던 얼굴
널리 알려졌다
아바나의 바닷가 방파제 말레콘을 걸으면
파도를 타고 얼굴이 되살아났다
혁명의 완성을 위해 떠나런다오
그의 말이 귓전을 맴돌았다
체 게바라 담배를 줘요
흰 것 타르 5mm, 니코틴 0.5mm, 붉은 것 7mm,
0.7mm
서울 서촌에서도 살 수 있다오
누구에게나 혁명은 필요하다고
그가 얼굴을 찍어놓은 담배

비술나무

비술나무를 향해 걸어갔다
조계사 회화나무를 지나
테라로사 찻집을 거쳐
발길이 닿은 미술관
아버지 갇혀 있던 옛 국군병원 뜰
비술나무 아래 나 역시 환자복을 입고 있는 듯하다
육군 중령의 계급장은 오일륙으로 서울에 이르렀다
오랜 세월이 지나 만난 비술나무
그대는 땅에 떨어진 꽃송이들을 모아 들었다
시를 생각하는 순간이었다
마지막 이승을 뜰 때까지
글 한 줄 쓰는 사람 되라고
나무는 나이테를 내게 가르쳐준다
나 잘못 살지 않았겠지
나무 아래 서서
내가 나였기를 새기며

그대가 건네는 꽃송이들을 말없이 받아 든다

바다로 가네

강을 따라 둑길을 걸어
바다로 가네
찻집에서 커피 마대를 얻어
도롱이 삼아 두르고
비가 올까 바다 밖까지 기웃거리며
바다로 가네
세상 빗물 모여 바닷물 되었으니
나 혼자 멀리멀리
바다로 가네

중앙아시아 고원

카자흐스탄에 가서 처음
레닌 동상을 보았다
1992년 알마아타가 알마티라는 이름으로 바뀌기 전
혁명의 기슭에 서 있었다
키르기즈스탄으로 가서
중국 둔황 쪽으로 가고 싶었다
가축시장에서 말 한 필을 이끌고
머나먼 파미르 고개를 넘고 싶었다
어릴 적 그 고개에 파꽃이 핀다고 들었으니
그 파를 찾고자 함이었다
다시 혁명의 기슭을 열흘쯤 더 걸어가면
파꽃이 하얗게 피어
마필馬匹의 말굽을 무르게 하는 곳
알고자 함이었다

양미리처럼 걷다

나보고 그 술을 마시고도
오래 살아냈다고 한다
나는 그냥 걸어왔을 뿐이다
바닷가 오두막집에서 부모님은
양미리를 구워주었다
오랜 세월이 지나
안산에서 그대를 기다리던 박주가리꽃
입에 물고
고개를 넘어
양미리처럼 몸이 말라가도 구부러져도
마냥 걸어왔을 뿐이다

한 줄의 한글

LA의 수퍼에서 빵과 우유로 아침을 먹고
버스를 타고 하루 종일 콜로라도 강을 끼고 달렸다
이 무슨 인생이더냐
콜로라도의 달 밝은 밤이 그리움을 말하는 시간
그 그리움을 한글 문장 한 줄에 담으련다
후버댐이 앞을 막으면
한글 한 줄의 비밀을 말해주마
콜로라도의 달 밝은 밤은 나를 기다려 흐르는데
아침에 친구가 이 도시에 있다지 두리번거리던
나의 어리석은 기다림
어리석음을 마음속에 갈무리하라고 누군가 속삭인다
그래서 태평양을 건널 때
한 줄의 한글을 넣어왔지
콜로라도의 달 밝은 밤에 홀로 읽으려고
곧 그때가 오고 있다고
내 마음의 비밀을 말해주마고

나는 다짐을 되새긴다

창포다리

창포다리에서 우리는 사진을 찍었다
어릴 적 내가 어머니를 찾아
단오장으로 가던 곳
동료 시인 일행을 맞아 나란히 선다
내게는 옛 한밤 따발총 소리 귀에 쟁쟁 살아있건만
살아서 움직이는 나는 실제 모습인지
남대천에 물어볼 수밖에 없구나
나를 꼭 끌어안아 보듬고 잠든 어머니
어머니, 저 여기 있어요
또 한 번의 사진 찰칵,
이것이 삶이라고
남대천의 어머니는 들려준다
따발총 소리를 피해 우리 식구는
여전히 방공호에 몸을 숨기고 있다
어머니가 창폿물에 머리를 감을 때까지
기다려야 한다

오대산 뻐꾸기

1

오대산 월정사를 어찌 잊을까
입산하겠다고 먹정스님을 찾아간 숲속
그 내 친구는 절 뒷방에 나를 재웠지
서른세살 내 귀에 냇물 소리 아프게
세월을 울고
봄 늦게 뻐꾸기가 따라 울었지
지금도 그 산길마다 걸음을 멈추고
뻐꾸기 소리, 뻐꾸기 소리,
내가 따라 울겠다고
냇물 소리 뒤에 서건만
이제 그 스님친구 이 세상에 없네
입산을 말리던 그 목소리 들을 길 없네
지금도 진부 땅 지날 때마다 서른세살 냇물에
뻐꾸기 소리 저 하늘을 따라 홀로 울리네

2

오대산으로 가봐야지 하면서
아직도 발길이 머물러 있네
그곳에 가면 또 입산을 꿈꾸겠기에
아침에 일어나 냇물에 세수하고
먼 산을 바라보며 "입산" 하고 말하겠기에
아직도 머물러 있네
아마도 그것이 내 인생
오대산으로 가봐야지 하면서
"친구가 이젠 없네" 하는 말도 못하고
"뻐꾸기 소리, 뻐꾸기 소리" 하고 말하겠기에
나는 아직도 머물러 있네
그저 아무 소리 못하고 머물러 있을 뿐이네
뻐꾸기 울음소리에만 남몰래 귀기울이네

노고지리

오래 전에 보리밭을 걸어갈 때처럼
노고지리, 노고지리 소리 하늘 높아
쳐다볼 때처럼
먼 길 바라 어디론가 걸어갈 때
여기가 거기라고
노고지리 하늘에 멈추었다
네 모습도 하늘에 멈추어
여기가 거기라고
그래서 우리 만난 거라고
노고지리, 노고지리
그러나 지금은 그 작은 새 어디론가 사라지고
우리도 어디에 있는 것인지
물어볼 사람 없어
보리밭조차 어디에 있는지
나 홀로 걸음을 되돌릴 뿐

사락책방

그대가 열었던 책방을 알려주었다
골목 안 그 책방
사락책방이라고 했다
사락사락
겨울나무에 눈내리는 소리 들린다
사락사락
어서 봄잎 내라고
사락사락
책갈피 넘기는 소리 들린다

ⓒ조문호

정희성 _ 시인의 말

짧지만 짧지만은 않은
단순하면서 단순하지만은 않은
역설적인 어느 순간을 기다리며

경칩

세상에!
등에 업힌 저 개구리들 좀 봐

겨우내 얼마나 힘들었을꼬

국화를 던지다

경찰을 향해 시위대가
국화를 던졌다는 기사를
국회를 던졌다로 잘못 읽었네
왜 그랬을까 꽃이 아니라
돌을 던지던 시절이 있었지
기왕이면 경찰도 방패 대신
국화를 들었으면 좋겠네
촛불이 횃불로 변하기 전에
국화를 들었으면 좋겠네

그럼에도 사랑하기를

시는 자신과의 싸움이라는데
나는 남과 너무 오래 싸워왔다
시가 세상을 바꿀 줄 알았는데
세상이 나를 바꾸어 버렸다
문학행사차 일본 다녀온 며칠 사이
곱지 않은 눈으로 세상을 쏘아보는
내 버릇을 들킨 게 틀림 없다
"그럼에도 사랑하기를…."
김민정 시인이 책을 보내며
속 표지에 써 보내준 글귀다
『아름답고 쓸모 없기를』
연분홍 빛깔 고운 시집을 펼쳐 들며
다른 사람이 다칠세라 나도 잠시
마음 모서리를 누그러뜨렸다

그분

　일심교 지나 영축산/신령스런 수리가 살고 있다는/영축산 산 아래 서운암/서운암 장경각 팔만대장경의 길고 긴 길을/마니차 돌리듯/부처님 말씀 마음에 새겨 걷노라면/그분이 마음속으로 성큼 들어오시네/관세음보살/아니 부끄러워하신다면/손목이라도 잡고 싶네/아으 칠십 고개 너머 벼랑에 핀 꽃/꽃 꺾어 관음을 우러를 제/그 마음 들킬까 저어하노니/이 무슨 인연인가/손목 잡아 가죽끈 동여매 주시고/차마 떨쳐/돌아서는 그분을

남주 생각

남주는 시영이나 내 시를 보며
답답하다는 말을 한 적이 있다
뉘 섞인 밥을 먹듯 하는 어눌한
말투가 마음에 들지 않았을 터이다
그러나 시영이나 나는 죽었다 깨도
말과 몸이 함께 가는 남주 같은
목소리를 내기 어려울 것이다
기껏 목청을 높여 보았자
자칫 몸과 목소리가 따로 놀테니까
시영이도 그렇겠지만 나는 나대로
감당해야 할 몫이 따로 있기도 하고
그렇지만 아무래도 이건 무슨
변명 같기도 하고 비겁한 듯도 하고
하여튼 일찍 간 남주 생각을 하면
내가 너무 오래 누렸다는 느낌이다

낮술

북에서 핵폭탄 날린다고
남에서는 설레발치는데
세월아 네월아 나는
낮술 마실 궁리나 하고 있네
벗이여 나무라지 마시게
낸들 왜 괴로움이 없겠는가
요순 같은 시대라면
어디 이런 걸 시라고 내놓겠는가
흙덩이나 고르며
노래하고 싶었네
아아 절규도 노래도
사라진 시대의 낮술 한잔

다시 연두

연두라는 말 참 좋지
하지만 연두는
변하기 쉬운 색

삶의 갈피 갈피마다
바람이 불고 비가 오고
해와 달이 갈마들어

돌이켜보면 지난 날
우리도 한때 연두였음을
기억하게 되지

보길도 예송리 민박집에서

민박집 문간방에서 잠을 깨면
갯돌 해변에 물 쓸리는 소리
뉘 집에서 쌀을 일고 있는가
먼 길 떠나는 길손이 있어
이른 아침을 짓는 모양이다

북방긴수염고래가 내게로 왔다

바다 보담 넓은 한지에
큰시 한 편 써 보내라고
오랜 세월 바위 속에 잠들어 있었다는
북방긴수염고래 한 마리를 보내왔다
길이가 십팔 미터 무게가 백 톤이나 되는
이 고래를 보며 나는 겁이 덜컥 났다
이 일을 어쩐다지?
끙끙 앓다가 잠이 들었는데
꿈에 가위눌려 일어나 보니
큰 해일이 나의 깊은 잠을 덮치고
반구대까지 밀려와서는
그 큰 반구대 바위를 깨워
먼 바다로 데리고 나가는 것이었다
바위는 솟구쳐 하늘을 한 번 우러르고는
길게 울음 울 듯 물을 뿜어 올리더니
이내 깊은 물 속에 꼬리를 감추었는데

그러고는 한 순간에
칠천 년이 흘러갔다

액맥이타령

어루 액이야 어루 액이야 어기여차 액이로구나

불법대선에 드는 액은 세월호로 막고
세월호에 드는 액은 메르스로 다 막아낸다

어루 액이야 어루 액이야 어기여차 액이로구나

메르스에 드는 액은 국회법으로 막고
국회법에 드는 액은 유승민으로 다 막아낸다

어루 액이야 어루 액이야 어기여차 액이로구나

정칠월 이팔월 삼구월 사시월
오동지 육선달 내내 돌아가더라도
일년하고도 열두달 만복은 백성에게
잡귀잡신은 물알로 만대유전을 비옵니다

연두

봄도 봄이지만
영산홍은 말고
진달래 꽃빛까지만

진달래 꽃 진 자리
어린 잎 돋듯
거기까지만

아쉽기는 해도
더 짙어지기 전에
사랑도

거기까지만
섭섭기는 해도 나의 봄은
거기까지만

예감

울산에 가서 보았다
저녁무렵
가마귀들이 어지럽게 하늘을 날다가
일제히
전깃줄 위에 가마귀떼처럼 내려앉는 것을

닥쳐올 어둠을 예고하는 천상의 악보 같은
동중정動中靜의 하늘
한가운데

전깃줄이 없다면
가마귀들은 어디에 가 앉을까

유쾌한 식사

옛날 문리대가 있던
마로니에 공원 근처
정한모 조병화 시인이
자주 드나들었다는
석정이라는 작은 일식집
낮에 김재홍 교수를 만나
고래 동인지를 전해주며
초밥 한 접시 안주 삼아
히레사케 몇 잔을 마시는데
남은 새우초밥 한 점을 두고
서로 사양을 하던 끝에
마침내 김 교수가 왈
새우가 목숨을 바치는데
고래가 드셔야죠 해서 하하
못이기는 척 내가 먹었다

이별

그대 떠나도
거기 있을 거야 나는

산이니까

질문

석달에 한번 혈압을 재고 약을 처방해 주던
담당의가 여의사로 바뀌고 질문도 달라졌다
의사가 물었다 혈압약 말고 무슨 약을 먹냐고

오메가 쓰리요
또?
비타민 씨요
또?
Zn-씨요
아연 아니에요? 그건 왜 먹지요?
……그냥요

나는 괜히 멋쩍은 생각이 들었다
처방전을 받아 들고 나오면서 자신에게 물었다

왜 먹었지?

차라리 청맹이기를

뜨고도 못 보던 시절이 있었는데
안 보이던 헛것까지 다 보이네
너무 오래 어둠 속에 살아서일까
다 늙어 눈이 밝아질 건 뭔가
안 봤으면 좋을 꼴 보는 괴로움

탄식

모든 비판세력은
잠재적 테러리스트
신이 없으면 신을 만들고
적이 없으면 적을 만들자

이것이 보수정권의 모토다

운동한 게 죄가 되는
우리들의 시대
지은 죄 많아 비루한 삶이여

광복 칠십 주년이니
내 나이 일흔
종심소욕 불유구從心所欲 不踰矩라는데
이 나이에 내가
테러리스트가 되겠네

홍두깨타령
— 안상학 시인한테서 들은 오래된 안동 우스갯소리

밀가리가 있으면
콩가리를 빌려다가
칼국시 맹글어 먹으면 좋을낀데

생각해 보니
홍두깨가 없네

강은교 김형영 윤후명 정희성의
가볍고 무거운 담소

글 **박제영**(시인, 『태백』 편집장)

1969년, 등단 5년 미만의 새내기 시인 다섯 명(강은교, 김형영, 박건한, 윤후명, 임정남)이 관철동의 한 다방에 모여 시 동인을 결성했다. 그렇게 〈70년대〉라는 동인지가 세상에 나왔다. 창간호를 낸 후 정희성, 석지현 시인이 합류하여 일곱 명이 된 〈70년대〉 동인은 이후 네 권의 동인지를 더 냈지만 1973년 6월 해체되었고, 각자 홀로 시의 길을 걸었다.

('70년대-고래' 동인에 대한 이야기는 윤후명 선생께서 따로 글을 보내주셨다. 그 전문을 싣는 것으로 자세한 이야기는 생략한다.)

그리고 지난 2012년, 〈70년대〉 동인들이 40년 만에

〈고래〉라는 이름으로 다시 모였고, 동인 활동을 재개했다. 벌써 세 권의 동인시집-제1집 『고래』(2012), 제2집 『고래 2015』(2015), 제3집 『고래 2016』(2016)-을 냈다. 대단한 고래들이다.

그 고래 네 분이 강릉에서 모임을 갖기로 했다는 첩보를 이홍섭 시인으로부터 입수했다.

"네 분을 한 자리에서 뵙기 쉽지 않은데, 시간 맞춰서 오지?"

"당연히 가야지요. 강릉 아니라 뉴욕이라도 가야지요!"

그렇게 지난 '강릉 단오제' 때 강은교, 김형영, 윤후명, 정희성 네 분의 고래 시인을 뵈었다. 반나절도 안 된 시간. 대화는 짧았지만, 여운은 길었다. 갑작스런 만남이었고, 사전에 논의된 바 없어—질문도 대답도—이야기의 두서는 없었지만 오히려 그래서 더 좋았다. 문학의 위기라는 무거운 주제를 가볍고 유쾌하게 다뤄주신 네 분의 공력을 느낀 시간이었다.

다르지만 '통'한 문학, '통'한 사람들

박제영 : 〈70년대〉라는 동인으로 활동하다가 지난 2012년 40년 만에 『고래』라는 합동시집을 통해 다시 뭉치셨지요. 어떻게 다시 모이셨는지….

정희성 : 1969년 우리가 20대 때 〈70년대〉라는 동인지를 만들어서 73년까지 다섯 권인가 내고는 흩어졌지. 다 살기 바쁘니까. 그러다가 40년 만에 다시 모인 거죠. 은퇴하고 할 일이 없어지고 나서, 매달 마지막 월요일 날 '마월회'라고 해서 만나요.

강은교 : 늘그막에 다시 만났지만, 얘기가 서로 통하니까. 젊었을 때 통했던 사람들이라 지금도 잘 통하고… 통하는 사람들끼리 모이니까 좋은 일이지요.

박제영 : 다시 모일 때 다섯 분이셨는데, 지난 시집을 보니 한 분이 빠졌더라고요?

김형영 : 재작년까지는 석지현 스님까지 다섯 명이 모였는데, 요즘 석지현 스님이 종적을 감췄어요.

강은교 : 스님의 입장, 도사의 입장에서 보면 시詩도 사실은 속세인 거죠. 석지현 스님 입장에서 보면 시도 굉장히 속되다 볼 수 있죠.

박제영 : 일반적으로 동인이라 하면 지향하는 가치나 작품 성향이 같기 마련인데, 네 분은 어떤가요?

김형영 : 전혀 달라요. 알겠지만 네 사람이 전혀~ 달라요. 겉도 속도… (웃음)

강은교 : 근데 나는 이렇게 생각해요. 내 경우에는 우리 모임이 일종의 문학적 자극이 돼요. 이 나이쯤 되면 문학적 자극이 참 힘든데, 이렇게 모이니까 자극도 생기고 새로운 힘도 생기고….

김형영 : 여기 네 사람 모두 마찬가지죠. 새롭게 동인지를 내다 보니까 문학적 자극을 받지 않을 수 없죠. 아무래도 긴장도 되고….

박제영 : 『고래』라는 동인지가 역사상 가장 고령의 시인들이 내는 동인지가 아닐까 싶은데, 최고령 동인회라고 할 수도 있지 않을까요?

김형영 : 최고령이죠! 최고령이고, 칠십대들이 동인을 하고 책을 내고 하는 거는 아마 우리 시 역사에 처음 있는 일이 아닐까요.

강은교 : 고령이 중요한 게 아니라 시가 좋아야지요! (네 분 모두 웃음)

박제영 : 저는 네 분의 모습을 보면서 무엇보다 '부럽

다 라는 생각이 제일 큽니다. 그런데 40년 전 그러니까 그때는 네 분 모두 이십대였는데, 그때 시적 경향도 달랐고 그런 연유로 많이 싸우기도 하셨을 것 같은데, 아닌가요?

정희성 : 시적 경향이 서로 다 달랐지만 한 번도 싸운 적이 없어요. 자기 개성을 다 지키면서도 싸우지는 않았어요.

강은교 : 우리가 시적으로 서로 다른 경향을 가졌지만 공통의 생각은 있었어요. 『현대시』 동인지를 비롯한 당시의 시단을 보면 시를 굉장히 난해하게 쓰는 그런 경향을 갖고 있었어요. 그런 분위기 속에서 우리는 자유롭게 쓰자. 자기 세계는 자기가 지키면서 자유롭게 가자. 지금도 마찬가지예요. 서로 문학적으로 간섭 안 하고, 자기 시를 쓰는 거죠.

이분법은 문학에서 분리수거해야 한다

박제영 : 요즘 젊은 시인들의 시적 경향이랄까, 요즘 시단의 경향이랄까. 시단의 대 선배님들로서 어떻게 생각하시는지 궁금합니다. 개인적인 호불호를 떠나서….

강은교 : 요즘 보면 미학적인 부분을 중요시하는 시들이 상당히 시단을 점하고 있고, 그것을 서정적인 바탕이라고 하고 또 신서정까지 얘기를 하는데, 사실 서정이 아닌 시가 어디 있어요? 결국 브레히트의 시도 서정시인데… 그렇잖아요? 브레히트나 파울 첼란, 이런 사람들의 시도 결국은 서정시잖아요. 미학적인 시, 창비를 중심으로 한 리얼리즘의 시, 그리고 전통적인 서정시 뭐 이렇게 나누기도 하는데, 모든 시는 전통 위에 서 있는 거 아니겠어요? 서정 위에 안 서 있는 시가 없고…. 시를 미학성과 현실성 또는 사회성으로 나눈다는 게 과연 가능한 일인가? 저는 우리나라만의 이상한 현상인 거 같아요. 브레히트를 열심히 읽으면서 과연 어떻게 미학성과 사회성, 현실성, 이런 거를 나눌 수 있는 것인지. 미학과 현실이 같이 있어야 좋은 시가 되는 건데… 대학에 있을 때 보면 무조건 미학 아니면 현실로 구분해서 심지어 나보고 뭐 좌파, 좌파 시인이다 이런 식으로 얘기하는 사람들까지 있을 정도였는데… 그런 식으로 시를 나누는 시대는 지나갔지 않았나, 왜 아직 이러고들 있나, 뭐 그런 생각이 들어요. 시를 그렇게 이분법적으로 나누면, 미학성을 위에 두고 현실성을 폄하

하고 그러면 오히려 시는, 시의 위상은 더 작아질 수밖에 없어요. 그런 게 진짜 시의 위기죠. 시가 제대로 가는 길은 미학과 현실, 두 개를 아울러 가야 하지 않나. 그렇게 생각합니다.

아니 내 말이 틀려요? (다른 분들을 향해)

정희성 : 아니 틀린 거 없지! 요즘에 어디선가 나를 인터뷰하면서 참여 시인이라는 말을 써서 깜짝 놀랐어. 아직도 참여, 순수….

강은교 : 글쎄, 그게 말이 안 돼잖아.

김형영 : 그게 70년대에 썼던 말인데….

강은교 : 요전에 모 심사를 한 적이 있는데, 심사하고 나면 심사평을 쓰잖아요. 그때 젊은 평론가가 현실성과 미학성을 나누더라고요. 우리가 뽑은 시는 현실성이 약한 대신 미학성이 높다. 그래서 이 시를 뽑았다. 이렇게 얘기하더라고요. 우리도 한때 참여냐 순수냐 이런 말을 쓰긴 했지만 그건 이제 지나간 말이 돼버렸고, 요즘은 현실이냐 미학이냐 이렇게 얘기한단 말이에요. 이건 말이 안 되잖아. '현실성이 약한 대신에 미학성은 많다'니, 깜짝 놀라기도 하고 또 뭐라고 말해야 되나 싶기도 해서 그냥, '아 그렇습니다' 하고 말았지만, 요즘 젊은

평론가들의 경향이 그런 것 같아서 안타깝기도 하고….

정희성 : 결국은 같은 말이긴 하겠지만… 미학성이니, 현실성이니 또 사회성이니 하는 것들이 한 편의 시에 다 수렴돼야 하는 거지…. 좋은 시는 사회적인 요소, 미학적인 요소 또 현실적인 이런 것이 다 통합돼 있는 것이죠.

김형영 : 서정주 선생님은 돌아가시기 전까지도 '자기는 표현에 대한 불만 때문에 시를 쓴다'고 그러셨어요. 그런데 구상 선생님은 서정주 선생님을 엄청 비판하거든. 표현의 미학, 그 지랄 같은 표현의 미학에 매달린다 이거야. 정신과 역사성이 부족한 사람이라고 비판했어요.

구상 선생님을 보면 거의 무기교의 시인이거든. 그런데 구 선생님은 연작시를 많이 썼잖아. 한 주제를 가지고 백 편씩 써대니까. 실제로 학교에서 그렇게 가르쳤답니다. 한 주제 가지고 백 편씩 써 봐라. 그래야 본질에 가까이 간다는 거거든. 그러다 보니까 구 선생님의 시를 나쁘게 말하면 멋대가리가 없고, 좋게 말하면 아주 단순 명료하다고 할 수 있는데…. 아무튼 내 생각에는 요즘 젊은 시인들이 두 선생 모두에게 배울 점이 있지 않나 생각이 들어요.

결국 작품이 되지 않고 구호만 있어서도 안 되고, 구호도 없고 메시지도 없는 맹물 같은 것도 안 된다 생각해요.

박제영 : 시인도 결국 사회의 한 일원이고, 또 어떻게 보면 사회의 병듦이랄까 이런 것에 가장 예민한 혹은 예민해야만 하는 존재가 아닐까요? 그런 면에서 정치와 무관할 수 없는 존재이기도 하고… 그 부분에 대한 생각도 좀 들어보고 싶은데요.

강은교 : 정치라는 말도 구분을 할 필요가 있어요. 일반적으로 정치라고 얘기하는 것은 '정당적인 정치'를 얘기하는 것이고, 문학에서의 정치는 그와는 다른 거죠. 정치라는 거 자체가 어떤 '사는 방법'이야. 다른 동물들은 할 수 없는 '문화의 방법'이란 거죠. 그러니까 문학에서의 정치란 정당적 정치가 아니라 삶의 문화의 정치를 말하는 것이다. 저는 그렇게 구분을 하고 싶어요.

김형영 : 요즘은 좌파다 우파다 그러잖아요? 나는 우파에서는 좌파라 그러고, 좌파에서는 우파라 그런답니다. 어떤 평론가가 그러더라고 당신은 아무 데서도 대접 못

받는다고. 그래서 내가 그랬지. "나는 무파야! 차라리 쪽파가 낫지. 맛이라도 있잖아. 거 무슨, 시 쓰는데 좌파다 우파다…" 사람을 구분하는 거라면 어느 정도 이해를 하겠지만, 시 자체에 좌파 우파가 어디가 있어요. 정치도 하나의 서정으로 받아들일 뿐이지….

무거운 주제, 가볍게 풀어내는 게 내공이다

박제영 : 시를 쓰는 저도 그렇지만 일반 독자들이 읽기에는 너무 어렵고 난수표 같은 시들이 요즘 부쩍 늘고 있기도 합니다. 그런 시를 높게 평해주는 것이 그런 형상을 더 부추기고 있다는 생각도 들고요.

강은교 : 그게 한편으로는 현실성이 없기 때문에, 학교에서 너무 미학성만 가지고 가르쳐왔기 때문에 그런 현상이 벌어지기도 한다는 생각이 들어요. 학교에서 배운 학생들은 미학성만 옳은 줄 안단 말이에요. 그게 문학의 굉장한 요소로 생각한단 말이죠.

촛불, 내가 자꾸 촛불을 얘기하는데… 몇 달 동안 계속된 촛불을 보다가 어느 날 새벽에 퍼뜩! 정신이 드는 거예요. 우리가 왜 이러고 앉아 있나! 모든 난해하다고 하는 시들에 없는 게 바로 현실이에요. 그냥 내면의 웅얼거림만 있다고. 내면의 웅얼거림만 있고 현실 바탕이 없으니까 그냥 추상성만 가지게 되는 거지요. 근데 그 추상성을 평론가는 또 추상적으로 이야기하니까…. 추상에 추상이니까 얼마나 힘들어. 힘들어질 수밖에 없는 거죠. (웃음)

박제영 : 결국 그런 것들이 확대되다 보면 그게 문학의 위기를 몰고 가는 거 아닌가요?

강은교 : 그렇죠. 제 얘기가 바로 그 얘기에요.

김형영 : 그런데 문학의 위기가 있어요? 사실 나는 '문학의 위기'라는 게 무슨 의미인지 잘 모르겠어요. '문학이 설 자리가 별로 없다'는 의미로서의 위기라고 한다면 그거는 내가 인정하지만, 설 자리가 없다고 해서 문학의 위기라고 생각하지는 않아요. 옛날에 스피노자가 "내일 지구가 멸망한다고 해도 나는 사과나무를 심겠다"고 했듯이 오히려 그런 자세가 필요하지 않을까.

강은교 : 지금 그 말은 '문학의 위기가 없었던 때는 없었다'라고 얘기할 수도 있겠죠. 결국 문학은 항상 위기로부터 나온다는 건데, 위기로부터 나와서 그 위기를 구하려고 하는 게 우리의 문학 행위라고 한다면 그 밑

에 위기의 현실을 담보하고 있어야지요. 그런데 지금 그게 없고 상부 구조만 있으니까. 말하자면 토대가 없는 거지. 토대가 없는 집이 되는 셈이죠. '시'라는 집이 토대가 없는 집이 되고 있는 셈이죠. 그러니까 문학의 위상이 자꾸 작아지는 거죠. 한 마디로 말하면 이 사회 속에서 살아가는 데… 시가, 문학이 하나도 도움이 안 되는 거죠. 난해한 시나 난해한 평론을 보면 아무 것도 없으니까, 사람들이 굳이 읽을 필요가 없는 거예요.

박제영 : 문학과는 좀 달라서 그런지 그림을 그리는 분들은 또 생각이 다르더라고요. 그림이라는 게 반드시 어떤 이해를 구하려고 하는 게 아니라는 거예요. 순수 추상, 순수 예술로서의 추상이 있다고. 그렇다면 현실에 뿌리두지 못한 난해한 시들조차도 그런 미학적 가치는 갖고 있지 않을까 그런 생각도 해봅니다만….

강은교 : 그렇지는 않아요. 파울 첼란의 시가 굉장히 미학적이고 난해하잖아요. 그런데도 감동을 주는 건 현실적 토대가 있기 때문이에요. 그러니까 그런 난해함과 아무런 토대가 없는 난해함하고는 구별이 돼야 하는 거죠. 그 다음에 지금 말씀하신 것 중에… 저도 그런 고민을 많이 했어요. 미술은 왜 그럴까? 그런데 그것도 알

고 보니까 그렇지 않더라고요. 데이비드 호크니나 프란시스 베이컨, 이런 화가들의 인터뷰를 보니까 사실은 무척 깊은 고민을 했어요. 베이컨이 대단히 추상적인 화가잖아요. 그런데, 제가 놀란 게 뭐냐면, 그 사람이 영감을 얻은 게 엘리엇의 시였어요. 엘리엇, 예이츠 이런 시인들의 시에서 영감을 얻어 그림을 그렸어요. 그러니까 그런 화가들의 추상에도 분명히 현실적인 토대가 있는 거죠.

또 한 가지, 제가 요즘 하는 고민 중에 하나가, 그러면 과연 미학이 정말로 중요한 것이냐 하는 거예요. 미술하고 언어하고는 너무나 다른 거예요. 미술은 테크닉이 우선인데, 언어는 테크닉만 가지고 되는 게 아니잖아요. 미술 하는 사람들이 들으면 펄쩍 뛰겠지만…. (웃음) 아트라는 말의 어원이 뭡니까. 기술이잖아요. 미술이나 음악은 기술적인 면이 강하고, 배우지 않으면 못해요. 그런데 언어는, 시는 배우지 않아도 할 수 있어요. 언어는 훨씬 더 복합적인 전통성과 함께 현실성을 같이 지니고 있는 그것이 바로 언어이기 때문에 '미술의 언어와 문학의 언어, 시는 비교의 대상이 되지 않는다'라고 저는 생각을 해요.

박제영 : 아, 지금 진짜 화가 선생님이 계시지요? 윤후명 선생님 말씀을 안 들을 수 없겠네요. (웃음)

윤후명 : 지금 미술은 '미술은 무엇이다'라고 얘기할 수 있는 단계를 지나 있어요. 과거의 미술이라는 건 어떤 약속이 있었는데 지금은 약속이 깨졌어요. 가령 '하늘이 파랗다'라는 건 약속인데 그걸 얼마든지 빨갛게 그릴 수도 있어요. 하늘이 완전히 갈라진 걸 그려도 그림은 돼요. 그게 그림이에요. 그러나 글자는 약속이 깨지면 안 되죠. 그건 인류를 지탱하는 근본 체계이기 때문에, 이 체계가 깨지면 우리 삶의 체계도 깨지는 것이기 때문에. 이거는 깨지면 안 되는 거죠. 이런 게 문학이거든.

그러니까 문학과 그림은 전혀 다른 거예요. 옛날에는 같은 종류의 약속 아래 뭔가 진행을 해왔다가 이제는 전혀 다른 분야로 갈라지고 있는 거죠. 그러나 약속을 깨고 앞서 가는 애들도 있어야 되고, 약속을 지켜야 하는 애들도 있어야 하죠. 약속을 지키고 있기 때문에 지금 문학이라는 거는 굉장히 쇠퇴한 것처럼 보이는 거죠.

지금 세계적으로 보면 '그림의 그림이 없어졌다'는

게 그림에 대한 정의예요. 그러면 '문학의 글자가 없어졌다는 게 문학이다?' 이거는 정의가 안 된단 말이야. 문학과 미술은 그만큼 완전히 달라요. 다른 영역이 됐어요.

그런데 지금 문학이 없어지냐 마느냐, 이런 위기라는 건 문학이 만들어내는 감동 자체가 작아진 것이죠. 문학하는 사람들 삶 자체가 작아졌으니까. 그런데 문학이 없어질 수는 없죠. 약속을 지키고 있는 역할을 누구도 부정할 수는 없기 때문에. 다만 지금 문학이 아주 난처한 입장에 있는 것은 맞아요.

강은교 : 어떻게 보면 문학이란 것이 굉장하다고도 생각되고, 어떻게 보면 참 형편없다고도 생각됩니다. 노벨문학상을 받은 알렉시예비치를 보면 평생을 걸쳐서 자료를 구하러 다니고, 목숨을 걸고 다니고 이랬는데… 지금은 그런 굉장한 문학을 못 보고 있단 말이에요. 그렇다면 우리는 지금 정말 형편없는 존재들이 아닌가? 그런 자괴심도 들긴 합니다. 그러나 결론적으로 말씀드리면 절망보다는 희망을 봅니다. 다시 얘기하지만, 촛불이 제게 희망을 주고 용기도 줬습니다. 정치하는 사람들뿐 아니라 문학하는 사람들에게도 앞으로 우리가

가야 할 길이 어떤 길인지 제시해 준 역사적 사건이 바로 촛불이란 생각이고, 그런 면에서 우리 문학은, 우리 시는 여전히 희망이 있지 않나 생각합니다.

박제영 : 제가 네 분의 시간을 너무 많이 뺏은 것 같습니다. 얕은 질문이었지만, 깊은 말씀 고맙습니다. 끝으로 월간 『태백』 내년 신년호에 네 분의 신작시를 한 자리에 모실 수 있는 기회를 주십사 부탁의 말씀을 드리면서 마치도록 하겠습니다. 고맙습니다.

고래

70년대

동인

강릉

단오제에

가다

고래 동인 강릉 단오제에 가서 _ 강릉 유물론자 상(위 큰사진), 강릉 남대천 다리(좌측 사진), 강릉 커피집(위 사진)

『70년대-고래』 동인

윤후명

저녁의 불빛이 빛나기 시작할 무렵 어느 술집의 문을 열고 들어가는 내 모습이 나타났다. 한 옆 자리에 J와 K와 또 다른 K가 둘러앉아 나를 맞이했다. 나는 대학의 같은 과 선배인 J를 예나제나 따르고 있었고, K는 며칠 전에 시가 당선된 경향신문 기자여서 몇 번 만나고 있는 사이였다. 또 다른 K는 처음이었으나 한눈에 그인 것을 알아볼 수 있었다.

"어, 어서 와."

J가 손짓을 했다.

"아, 예."

나는 또 다른 K에게 별도의 인사를 하고 그가 내미는

손을 잡았다. 그는 나의 당선을 축하한다고 말했다. 그러자 K 기자가 내 시에 나오는 '치열齒列'이라는 단어가 무슨 뜻이냐고 물었다. 단어 자체보다도 시에서의 의미를 묻는 듯했다. 나는 당혹스러웠다. 그런 물음이 있으리라는 생각조차도 못 해본 것이었다. 하기야 심사위원인 박남수, 김용호 선생도 '뽑고 나서'라는 심사평에서 '다만 치열이라는 시어가 모호해 그만큼 이미지가 흐려진 느낌인 것은 옥에 티라고 할까'라고 지적하고 있었다. 나로서는 무엇이 모호하다는 것인지 그야말로 모호해서 뭐라 대꾸할 거리가 없었다.

그날 술집에서 세 선배와 무슨 대화를 나누었는지는 기억되지 않는다. 다만 또 다른 K가 무슨 말 끝에 '후생이 가외'라고 말하고는 껄껄 웃던 장면은 또렷하다. 게다가 그는 내게 '히레'라는 술을 직접 만들어주기도 했는데, 나로서는 아주 특별한 경험이었다.

"이거 한번 마셔보시오."

그는 복어의 말린 지느러미를 술잔에 넣고 불을 붙여 태웠다. 술은 청주였다. 그런 다음 마시게 되어 있었다. 지느러미의 탄 맛을 술에 우린 향미가 중요한 듯했다. 그는 술잔을 들어 맛보는 나를 바라보며 매우 흐뭇한

표정을 지었다. 그 첫 만남 이래 나는 그의 펑퍼짐한 얼굴이며 몸매의 어디에 그토록 섬세한 더듬이가 있는지 늘 경탄하는 마음이었다. 그는 성실하고 섬세했다. 그리고 무엇보다도 작품의 위상을 알고 있었다. 나는 그의 집에도 몇 번 갔었고, 방문객마다 내놓곤 하는 방명록에 서투른 묵매墨梅를 그려놓기도 했다.

시 동인지 『70년대』를 결성한 지 50년을 바라본다. 저 세월 앞에서는 할 말이 아득하여 '도무지'일 뿐이었다. 막상 컴퓨터 앞에 앉으니 지난 젊음의 시간을 이야기한다는 것만큼 어려운 일이 있을까 싶기도 했다. 이 자판 위에는 없는 세계가 어디엔가 별세계로 펼쳐져 있을 것이 틀림없었다. 결코 일목요연하게 정리되지 않을 혼돈과 질풍이 멀리 휘몰아치는 벌판에 서 있는 꼴이었다. 그러니 '도무지' 살아온 '도저한' 세월 속에 용케도 한 가지, 시를 잃거나 버리지 않고 예까지 왔다는 사실! 그 사실을 꼬투리로 붙들고 숨을 가다듬을 수밖에 없는 것이다.

나는 고교 2학년 때 성균관대 백일장에 참가하여 뜻밖에 장원을 함으로써 운명을 문학에, 그때로서는 시에 바치리라 결심했다. 그로부터 우리는 시에 모든 것을 다 바친 채 오리무중의 어둠 속을 헤쳐 나가고 있었다.

먼저 임정남 시인이 있다. 그는 내 고교 2년 선배로서, 대학 때부터 강은교 시인의 연인이었다. 연인보다는 동반자라는 느낌에 가까웠다. 고등학교 문예반 때부터의 인연으로 대학에서 다시 만난 그와 나는 자연스럽게 시의 세계에서 함께 어울리는 관계가 되었고, 그녀와 나의 만남도 그렇게 이루어졌다. 그는 나는 물론 여러 후배들의 선배 노릇을 톡톡히 하며 후견인처럼 군림하고 있었다. 그것은 그녀에게도 마찬가지였다. 그도, 그녀도, 나도 아직 시인이 못 된 때였다.

아주 복합적인 인물인 그는 나에게 여러 가지 영향과 숙제를 안겨준 사람이었다. 서로 쓰고 있는 시는 다른 길에 서 있었다고 여겨지는데, 일본 소설에 관한 한 그는 나에게 신선한 통로이기도 했다. 다자이 오사무의 '미란(靡爛)의 미학'을 말하는 그의 눈은 빛났다. 「앵두」라는 거 읽어봐. 『인간실격』 최고야, 너. 신촌 로터리 다방에 죽치고 일본 감각의 소설을 쓰고자 하던 그의 흰 손, 유려한 문체. 미시마 유키오를 닮은 우월론자로서의 논평. 그의 미완성 장편 소설은 한동안 내 공부방에 있었건만, 그와 함께 원고도 어디로 가고 말았는지.

이 자리는 그와 그녀가, 아니 그녀와 그가 어떻게 만났고, 또 어떻게 헤어졌는지를 말하는 자리는 아니다. 1969년 조선일보 신춘문예에 당선한 그는 벌써 여러 해 전에 그만 병들어 세상을 버렸다. 그리고 세월이 흘러, 지난해 어떤 시 잡지에 몇 편의 시를 발표하게 된 나는 「고래의 일생」이라는 다음과 같은 시를 끼워넣었다.

2006년 12월 15일 장생포 앞바다에서 길이 7미터 무게 4톤짜리 대형 밍크고래가 그물 속 문어를 먹으려다 걸려 죽은 채 끌려와 4천만 원에 경매되었다고 한다
1969년에 '고래'라는, 태어나지도 않은 시 동인지가 있었다
몇 해 전에 세상을 뜬, 조선일보 당선 시인 임정남이 모임에서 내놓은 이름이었다

우리는 시 동인지를 만들어 활동하기로 뜻을 모았다. 그래서 비슷한 시기에 시단에 나온 얼굴들에서 뜻이 맞는/맞을 김형영, 박건한 시인과도 만나 논의를 거듭한

끝에 『70년대』라는 이름을 얻어냈다. 위의 시는 그때의 상황을 그린 것이다. 그리고 창간호를 낸 뒤, 정희성과 석지현이 가세하기에 이른다. 우리의 시인 활동에 이 동인은 매우 중요한 역할을 해주었다. 동인지를 펴냄으로써 이루어진 고은 시인의 만남이 두드러지게 기억된다. 돌이켜보면 동인 이름을 왜 '고래'로 하지 않고 한시적인 연대인 〈70년대〉에 집착했는지, 짧은 눈에 머리를 갸우뚱거리게 되지만, 그 무렵 정서는 그랬던 것 같다. 우리 현대시의 역사가 겨우 60년쯤 되던 무렵 아니었던가. 우리는 종로의 서점으로 책값을 수금하러도 갔고, 동인지가 팔린다는 사실에 흥분하기도 했다. 강은교가 외국의 유수 도서관들에 동인지를 소장케 해야 한다는 제안을 한 것은 영문학 전공자의 안목이었으리라.

그녀가 허무를 노래하기 시작한 때가 언제였을까. 첫 시집 『허무집』은 나에게는 당혹스러운 제목이었다. 허무는 그녀의 영역이 아니라고 생각하고 있었던 것일까. 다만 그녀를 볼 때마다 종종 내가 느꼈던 혼돈의 이미지 그것 자체를 시화詩化한 것이라는 생각이 들기는 했다. 그녀가 노래한 허무는 그러니까 혼돈을 바라보며 얻은 모색의 얼굴이었기에, 허무라기보다는 삶의 청규

淸規에 가깝게 다가왔다. 시인이란 자기 속에 허무의 절규를 감추려고 하는 자이지 나타내려 하는 자일 수는 없다는 깨달음을 담은 시는, 허무를 노래하지 않고 허물어짐을 노래해야만 한다고 나는 생각했다. 그러나 그녀는 허무를 극복하고 새 질서를 얻고자 하는 듯했다. 극복, 극복이야말로 숙제였을 것이다. 그 몸부림이 루이제 린제같이 겉으로도 드러난다고, 내 눈은 보고 있었다.

그녀가 허무를 쓰고 있을 때는 실상 우리가 자주 만날 때였다. 임정남은 그녀와 결혼하기 전에 봉천동의 내 거처를 아지트 삼다시피했으며, 학교를 마치고 샘터사에 들어가서 그녀를 옆에 데려다 앉히더니 다른 직장에 잘 다니는 나까지도 끌어갔다. 우리는 함께 그 조그만 잡지에 매달려 한 솥 밥을 먹었다. 염무웅 평론가가 편집의 팀장이었다. 그러면서 우리는 예전보다 멀어지는 관계가 되어가고 있었다. 항용 있는 인생사였다. 결국 나는 그 직장을 떠나 시흥의 국화밭 농장 일꾼으로 갔다. 그녀가 병에 걸려 수술을 했다는 소식이 들렸다. 동인은 어느덧 꺼져 있었다.

물은 평화와 사랑이다. 그러나 그것은 기다림에 지나

지 않으며, 아직 불구덩이에서 단련되고 있는 그녀의 모습이 보인다. 생명의 물을 기다리며 '아직 처녀인' 새로운 세상을 꿈꾸지만, 막상 '지금'은 '불로 만나려 한다'는 스스로의 화기火氣를 어쩔 수 없다. 늘 끓고 있으면서도 차가운 이마로 세상에 탄주할 수 있는 자 누구인가. '파괴＝창조'의 공식을 기조로 하고, 운명의 노예임을 깨닫고 있는 그녀가 여전히 극복을 갈망하는 가운데 뿜어내는 기도 소리. 그것은 만리 밖에서도 안타깝고 아름답게 들려서, 슬프다. 그러나 슬픔은 정화되어 '우르르 우르르 비오는 소리'로 이녁의 지상에 흐른다. 죽음의 사랑과 병마를 이겨내야 한다는 주술을 읊조리며, '죽은 나무와 뿌리'조차 적신다. 물과 불의 이율二律의 사랑법이다. 그러나 그녀의 '지금'은 영원히 배화拜火의 사제司祭임을 어찌하랴. 아니, 그녀가 불 자체임을 어찌하랴.

그녀가 부산으로 옮겨간 뒤부터 우리의 만남은 뜸해졌다. 그리고 어느 사이 운동권 투사로 변신한 임정남은 나중에는 엉뚱한 당의 공천으로 부산에서 국회의원 선거에 출마하는 일까지 벌어졌다. 그는 이제 내 어두운 글 토굴에 기어들어와 문학이 무엇인가 열혈을 뿜던 선배가 아니었다. 나는 '8할이 바람'인 그런 그의 성향을 예전에 이미 감지했었다. 그러나 나는 불안감을 씻어내지 못한 채 변죽만 울리는 방외인일 수밖에 없었다. 그러다가 그는 남긴 시 몇 편을 뒤로 하고 사라져갔다.

그녀가 시 '치료'를 말하며, 남들이 보기에 좀 특이한 시 운동을 한다는 소문도 들려왔다. 생명에의 경의가 느껴지는 대목이었다. 우리 누군들 치료를 필요로 하지 않을 사람 어디 있겠으며, 시는 하늘에 올리는 기도이기에 그녀가 사제의 직분을 맡아 나선 것이라 짐작되었다. 이는 또한 내향성에 갇혀 '긴 그림자'를 남겨온 그녀의 외향성이 허무의 광야를 지나 모습을 드러낸 것이기도 하겠다.

그래서 이 배화 사제의 노래를 나는 '지금' 새삼스럽게 들으며, 나를 비롯한 뭇 이교도들의 방황하는 영혼을 위하여 한 구절 옮김으로써 방점을 찍고자 한다.

부서지면서 우리는
가장 긴 그림자를 뒤에 남겼다.
— 강은교, 「자전 1」 부분

우리는 『70년대』를 냄으로써 시단에 신선한 충격을 던지리라 했었다. 그 무렵 『현대시』와 『육십년대사화집』과 『시단』 같은 영향력 있는 동인지들이 포진하고 있는 시단 풍토에 일종의 반기를 든 셈이었다. 우리가 오늘 모여서 순간적으로 그때의 마음으로 돌아갈 수 있는 원동력이야말로 우리의 열정을 대변해준다 하겠다. 그리고 우리는 시와 함께 시 속에서 이 삶을 불사르며 '하늘을 우러러' 굽힘없이 오늘에 이르렀다고 자부한다. 이런 과정을 거쳐 우리는 동인이 되어 동인지를 냄으로써 각기 한 사람의 시인으로서 발돋움하는 데 든든한 발판을 얻게 되었다고 나는 믿는다.

몇 해 전에 김형영 시인이 내게 보내준 글이 있었다. 내가 그의 시집에 대해 쓴 글이었는데, 막상 내게는 보관되어 있지 않았다. 그에게도 없었는지 '강인한 시인이 타이핑해서 보내온 원고'라는 설명이 붙어 있었다. 내가 그의 첫 시집 『침묵의 무늬』에 대해 쓴 글 「눈의 변증법」이었다(『현대시학』, 1974년 3월). 내게 그 원고가 없음을 알고 일부러 찾아서 보내준 것이었다. '서평'이라고 붙여 있으나 어수룩한 그 글은 '시가 한 인간(시인)

의 상황을 가장 잘 말할 수 있는 길은 물론 성실성에 있다'고 제법 준엄하게 입을 떼고 있다. '그리고 그 성실성이라는 것은 끊임없이 대상의 궤적을 추적하며 그 변전을 솔직하게 받아들이지 않으면 얻을 수 없는 것'인데 김형영은 '그 변전을 솔직하게 받아들이기 위해서 자신의 아집에게 궁형까지도 가할 준비가 되어 있는 드문 시인의 한 사람'이라고 적고 있다. 그리 길지 않은 글을 만들기 위해 이리저리 단어를 동원한 노력이 가상하지만 그 글을 다 옮길 필요는 없을 것이다. 글의 마지막은 다음과 같다.

"『침묵의 무늬』는 한 인간의 애증에 대한 거짓 없는 기록이다. 애초에 '대낮의 어둠 속에서' 태어난 그는 섣불리 아름다움을 말하려 하지도 않고 섣불리 추함을 말하려 하지도 않는다. 그는 단지 모든 것을 사랑하는 법을 알려고 노력하고 있음을 보여줄 뿐이다. 그 시를 대하는 태도, 인생을 대하는 태도의 거리낌 없는 성실성이 우리를 매도한다."

아울러 첫시집에서 인용한 다음과 같은 시 구절을 읊

는다.

　나는 가진 것이 없어도 행복하다
　기다리는 반짝임의 이 호젓한 시간,
　나는 얼굴이 없어도 행복하다
　— 김형영, 「서시」 부분

　위의 김형영의 글 가운데, 여기에는 빠져 있지만, '다모거사'란 인물이 등장하고 있음을 밝혀두기로 한다. 누구를 일컫는가. 말할 것도 없이 석지현이다. 일찍이 불법에 귀의한 그는 지금은 먹물 옷을 벗었다 하더라도 어김없이 승가의 세계에 있다. 그러므로 재가불자 '거사'라기보다 '다모관음'이라고 나는 소설에도 등장시켰다. 그가 수염이 더부룩해서 붙인 이름 '다모多毛'에 불과했다. 내 소설을 영어로 번역할 때 번역자가 묻는 것이었다.

　"관음을 아무리 찾아봐도 다모관음은 없는데요?"

　나는 웃음을 지으며 사실을 말해주었다. 나는 그런 그에게 종종 경의 뜻을 묻곤 한다.

그러자 '저문 강에 삽을 씻고' 있는 누군가의 모습이 보인다. '누군가'가 아니다. 우리 문학의 큰 산맥인 작가회의의 이사장을 역임하고 여전히 시에 온몸을 던지고 있는 우뚝한 모습이다. 정희성은 내게는 고등학교 선배로서 먼저 다가온다. 그리고 웬일인지 큰 책가방 가득 무슨 책인가 무겁게 넣어 들고 다니며 소설을 쓰겠다던 모습. 그래서인지 동아일보 신춘문예 당선시는 얼마나 서사적이며 학구적인 작품이었던가. 그가 시인이 됨으로써 우리 동인은 성립될 수 있었다는 점에서 그의 존재는 중요성을 띤다. 언제나 깐깐한 선비인 그는 날카로운 비판 정신으로 귀감이 되어왔다.

어느 날 당신과 내가 날과 씨로 만나서
하나의 꿈을 엮을 수만 있다면
— 정희성, 「한 그리움이 다른 그리움에게」 부분

각자가 시 한 구절을 써넣기로 한 백지 위에 그는 쓰고 있다. 이러한 만남의 직조로 그리는 '하나의 꿈'이 이 시집으로 실현되기를 나 역시 비는 마음이다. 아니, 그 옛날 임정남이 들고 나왔던 '고래'라는 동인지 이름을 오늘 우리가 뒤늦게 쓰기로 함으로써 '하나의 꿈'은 여실히 실현되었다고 해도 좋을 듯하다.

모래시계로 알려진 정동진에서 아래쪽으로 고갯길을 넘어가면 그 길이 헌화로였다. 꽃을 바친다는 그 뜻이 신라 시대부터 그 바닷가 길에 있어 왔다는 것부터가 내게는 신비롭고 경이로운 일이었다. 이것이 향가 「헌화가」라는 이름으로 전해져 내려온다는 사실!

그 이야기는 잘 알려진 만큼 나도 기회 있을 때마다 해 왔기에 여기서는 이만 줄이지만, 서정주 시인도 이 이야기를 가장 아름답다고 꼽고 있었다. 그 길을 걸어가는 것만으로도 나는 옛 향가의 세계로 빠져드는 감동을 맛본다. 바닷가 길에 이와 같은 아름다운 이야기가 담겨 있는 나라가 지구상 어디에 있단 말인가. 남편을 따라 강릉 땅으로 오던 수로 부인이 용에게 잡혀 바닷속으로 들어갔다가 나왔다는 것은 그렇다 치고 그 몸에서 향내가 났다 하니 그 향내의 정체는 무엇일까. 그때 나타나 부인에게 꽃을 꺾어 바치겠다는 노인의 정체는? 그 아름답고 심오한 세계에 젖은 동인들은 강릉에서 '헌화가'로서 자신의 시를 다시 읽고 있었다. ─『윤후명 50년』에서

고래 2018

1쇄 발행일 | 2018년 04월 25일

지은이 | 강은교 · 김형영 · 윤후명 · 정희성
펴낸이 | 윤영수
펴낸곳 | 문학나무

편집 · 기획실 | 03085 서울 종로구 동숭4나길 28-1 예일하우스 301호
이메일 | mhnmoo@hanmail.net

출판등록 | 제312-2011-000064호 1991. 1. 5.
영업 마케팅부 | 전화 | 02-302-1250, 팩스 | 02-302-1251
ⓒ강은교 · 김형영 · 윤후명 · 정희성, 2018

값 10,000원
잘못된 책은 바꾸어 드립니다
지은이와 협의로 인지는 생략합니다
무단 전재 및 복제를 금합니다
ISBN 979-11-5629-070-4 03810